Gestammelte Werke

Bilder, Reime, Emotionen

Johann König

Gestammelte Werke

– Bilder, Reime, Emotionen –

Lappan Verlag

Vor den Worten

Das Buch, welches Sie gerade in den Händen halten oder auch nur in einer, wer weiß das schon, außer Ihnen natürlich, dieses Buch, das vielleicht auch auf der Bettdecke liegt oder von Ihrem Partner gehalten wird, da Sie gerade beide Hände voll zu tun haben, weil Sie z.B. den Arm des Partners halten, da er nur noch Kraft in den Händen hat, auf jeden Fall ist dieses hochkantige, rot eingebundene Buch mein erstes und damit auch mein einziges und somit auch mit Abstand mein bestes.
Es enthält ungefähr 40 Gedichte, und damit fast alle, die ich in den letzten neun Jahren geschrieben habe. Und seit damals, 1997 war es, als ich anfing, in den endlosen Nachtwachen im St.-Franziskus-Hospital die freie Zeit mit dem Anfertigen von kleinen Reimen und Versen zu verbringen, um sie später in verrauchten Kellerkneipen vor einer Hand voll Studenten vorzutragen, seit dieser Zeit ist für mich das Gedichteschreiben der schönste Zeitvertreib geblieben, um eine kleine Idee in eine hübsche Form zu bringen.
Außerdem ist dieses Buch gefüllt mit zahlreichen Bühnen- und Tourfotos. Schnappschüsse, die das tagtägliche Reisen und allabendliche Arbeiten eines Humorfachmannes dokumentieren und die sowohl die komischen, aber auch die tristen und einsamen Momente zeigen, die dieser Beruf mit sich bringt.

Und schließlich wurden – speziell für dieses Buch – auch die schönsten Geschichten aus den bisherigen drei Live-Programmen aufgeschrieben, die ich, anders als die Gedichte, nie ausformuliert hatte und die nun in mühevoller Kleinarbeit und mithilfe meiner Zettelwirtschaft zusammengestellt und lesefertig gemacht wurden.
Da die meisten der Texte – so die landläufige Meinung – „häufig gerade durch die Art des Vortrags zum Schmunzeln anzuregen imstande sind“, besteht die Herausforderung dieses Buches darin, in vollständiger Abwesenheit des Künstlers denselben beim Lesen dennoch zu sehen und zu hören, auch auf die Gefahr hin, dass dabei die Sinne eskalieren.

Johann König, am 15. Mai 2006

Themen

Thema Liebe

Es gibt ein Thema, das ich für das schönste, wenn nicht sogar für das allerschönste Thema halte, das es überhaupt gibt auf der Welt, und zwar meine ich das Thema Liebe. Ich glaube, die Liebe, die kennen wir eigentlich alle. Zum Beispiel aus der Erinnerung. Für viele ist die Liebe eine scheußliche Erinnerung. Für andere vielleicht aber auch durchaus eine Scheißerinnerung. Je nachdem. Für viele ist die Liebe aber auch noch Zukunft, also Zukunftsmusik, die noch lange nicht gespielt wird. Das darf man auch ruhig mal feststellen. Ja, für viele ist die Liebe aber auch Gegenwart, ich glaube, viele von euch sind total verliebt. Da ist die Liebe dann vielleicht ein zartes Pflänzchen, das dann aber doch verdorrt. Weil, es ist zu kalt in Deutschland. Deutschland ist ja ein sehr kaltes Land, und da gehen viele Lieben einfach kaputt. Und ich sage das nur, damit ihr nicht denkt, das liegt nur an euch. Das liegt auch viel am Wetter.

Liebesgedicht – Versuch 1*

Wenn ich dich sehe, dann gibts ein Gewitter
meiner Synapsen und Transmitter.

Wenn wir mal eng beieinander sitzen,
fühle ich subkutan Ameisen flitzen.

Wenn du beginnst mir ins Ohr zu säuseln,
dann spür ich im Nacken die Haare sich kräuseln,

und wenn du mich küsst in des Raumes Stille,
so ist das weder mein Wunsch noch Wille.

* Geschrieben auf einer Fähre.

Schicksal

Ein unschöner Mann und ’ne Blinde,
die waren schon lange ein Paar.
Von ihm aus, weil er sie liebte,
von ihr aus, weil sie nicht sah.

Doch da geschah das Wunder,
die Blinde konnte sehn.
Und fünf Minuten später,
da war er richtig schön.

Sie trafen sich zufällig in der Küche
und taten, als wär nichts geschehen.

Gerlinde *

Im leuchtend hellen Grau der Winde
erscheint Gerlinde.

Sie ist so scharf, liebt so geschwinde,
ich bin die Schraube, sie Gewinde.

Sicher, sie ist ganz gelinde –
Gesinde.

Doch was ich an Gerlinde finde
ist unter faulig-alter Rinde
das Kinde.

* Dies ist Johanns allererstes Gedicht, geschrieben im Januar 1996.

Liebesgedicht – Versuch 2

Ich bin deine Tränke
und dein Brot,
bin deine Liebe
und dein Tod.

Wenn du das glaubst,
dann glaube mir,
dann wird nicht viel,
nicht viel aus dir.

Blickkontakt

Sie schaute mich an
mit ihren schönen Brüsten,
ich schaute zurück und dachte:
Wenn die wüssten,
dass ich einer so attraktiven Frau
eigentlich immer zuerst
in die Augen schau.

Johann trifft im Restaurant eine Frau

Vor kurzem habe ich mich in ein kleines Restaurant gesetzt, habe mich direkt neben eine Frau gequetscht, die Nudeln gegessen hat, habe die Frau ein bisschen beobachtet, und dann habe ich neben dieser Frau sitzend ganz schnell gemerkt: Diese Frau, Johann, die würde sich jetzt aber gerne mal ausführlichst mit dir unterhalten. Sie hat das irgendwie ausgestrahlt, dieses Bedürfnis, und ich habs gemerkt. Ich habe sie dann auch direkt angesprochen und sie erst mal ganz allgemeine Sachen gefragt: Zum Beispiel, ob sie auch hier wäre. In dem Restaurant. Und so alleine, ob sie da keine Angst hätte. Also, dass sie jemand anspricht. Aber sie tat einfach so, als könnte sie nicht hören. Da hab ich gedacht: „Johann, bei so 'ner Frau musst du wahrscheinlich viel, viel stärker auf dich aufmerksam machen." Ich hab mir eine Gabel bringen lassen, hab ein bisschen in ihrem Essen rumgestochert, sie dabei angeguckt und gefragt: „Na, Mäuschen, schmeckts?" Ja, und schon waren wir im Gespräch. Also zumindest ich, äh, war im Gespräch, und es lag jetzt an ihr, auf dieses abermalige Dialogangebot einzugehen. Sie tat aber weiterhin so, als würde sie das nicht interessieren. Und da hab ich gedacht: „Verdammte Hacke, Johann, das ist ja mal 'ne ganz harte Nuss hier neben dir. Auweiowei. Da musst du jetzt aber noch irgendwas bringen. Da musst du jetzt noch mal deine ganze Charmanz, die du hast, zusammenpacken und musst ihr noch was richtig Nettes sagen.“ Und ich hab ihr dann noch mal leicht auf die Schulter getippt und hab gesagt: „Hier, ich bins noch mal.“ Und dann habe ich sie angeguckt und zu ihr gesagt: „Wissen Sie was, junge Frau, wissen Sie was, in meinen Augen, ja, in meinen Augen sind Sie von einer attraktiven Frau, also, kaum zu unterscheiden.“ Da sagte sie, dass hätte ihr so auch noch keiner gesagt. Und ich hab gesagt: „Ja, sehen Sie mal, dafür bin ich doch hier.“ Dann habe ich sie gefragt, wie sie denn heißt, da sagte sie: „Halts Maul.“ Habe ich gefragt: „Wo kommt der denn her? Aus welcher aggressiven Gegend?“ Und sie sagte, sie müsste jetzt auch gehen. Und als sie gehen wollte, hab ich uns noch mal ganz schnell zwei Kaffee bestellt, und als der Kaffee dann da war, da guckte sie den Kaffee an und sagte zu mir: „Ich glaube, wenn ich mit Ihnen zusammen wäre, ne, also ich glaube, als Erstes würde ich Ihnen den Kaffee vergiften. So!“ Da habe ich mir sie noch mal angeguckt, wie sie so dasaß und mich angiftete und habe zu ihr gesagt: „Wissen Sie was? Wenn ich mit Ihnen zusammen wäre, würde ich ihn sogar trinken.“ Ja, das hat gesessen. Sie ist sofort aufgestanden und sagte, sie müsste jetzt gehen, und da habe ich ihr hinterhergerufen: „Also, das will ich Ihnen aber auch geraten haben! Sie gruselige Kuh.“ Ich habe dann ihre Nudeln aufgegessen und gedacht: „Johann. Das kann man doch essen. Aber wer nicht will, der hat schon.“

Unterschiede

Straßen, Plätze, Menschen, Schilder,
lang vergilbte Dönerbilder,
wo die Leut aus Angst hinziehn:
Det is Berlin, det is Berlin.

Straßen, Plätze, Menschen, Schilder,
lang vergilbte Dönerbilder,
Frohsinn, Klüngel, Rhein und Dom:
Det is mein Cologne.

Mentalitätsfrage

Es ist schlimm, sagt der Bettler.
Es kommt schlimmer, sagt der Weise.
Et kütt, wie et kütt, sagt der Kölner.

Es ist Sterben, sagt die Schwester.
Es kommt der Tod, sagt der Arzt.
Et hät noch immer jot jejange, sagt der Kölner.

Es ist zu süß, sagt der Geschmack.
Es ist zu klein, sagt das Auge.
Es ist ein Kölsch, sage ich.

Aus der heutigen DDR

Die Häuser eine Pracht,
daneben die verrosten,
ein Storch sitzt auf dem Dach,
ich glaub, ich bin im Osten.

Berlin

Willst du Souvenire* kaufen,
musst du übern Kuhdamm laufen.
Willst du viele Hippe sehn,
dann musst du durch Mitte gehn.
Willst du was aus andern Ländern,
dann musst du durch Kreuzberg schlendern,
und willst du richtig auf 'n Sack,
fahr nach Neukölln und ruf: Asoziales Pack!

* Falscher Plural (Absicht)

Thema Kinder

Ich finde Kinder, ja, Kinder – wer kennt sie nicht! Kinder sind allgegenwärtig wie nur was, und das Schöne an Kindern ist, man erkennt sie sofort, denn sie sind oft kleiner als die anderen, und man kann daher schon von weitem sehen: Ach, guck mal da, da kommt ein Kind. Was sie noch auszeichnet, ist eine absurde Naivität.

Ich hab neulich mal eine Fünfjährige gefragt, was sie von der Rentenreform hält, und da hab ich gemerkt, das hat die im Ansatz schon nicht verstanden! Wenn die Kinder dann älter werden, dann wirds ganz schlimm. Ich bin kürzlich mit der U-Bahn gefahren, und da stiegen drei Kinder in mein Abteil ein, und das waren drei so richtige Rotzblagen. Die kamen in mein Abteil in der U-Bahn, und die fingen direkt an, auf den Sitzen rumzurotzen (daher auch der Name) und rumzuspringen. Dann haben sie einem kleinen Mädchen die Brille abgenommen und aus dem Fenster geworfen. Und das Buch mit den Pferden gleich hinterher. Das fand ich alles noch ganz witzig, aber dann kam einer von denen mit 'nem Messer auf mich zu und meinte, ich solle aufhören, so zu grinsen. Da habe ich gesagt: „Äh, 'tschuldigung, äh, das war ja gar nicht wegen euch, ich guck öfter so!“ Und dann hat der gesagt: „Na gut, dann steig aber jetzt sofort aus! Bevor ich mich vergesse!“

Kinder 1

Es war mal eine Wespe,
die fackelte nicht lange,
und stach, nach kurzem Wink von mir,
'nem Schulkind in die Wange.

Es war mal ein Gorilla,
der machte wie versprochen,
und brach dem kleinen Klausi
den Mittelfingerknochen.

Kinder 2

Es war ein böser Bube,
der schaufelte 'ne Grube.
Da kam die kleine Lea,
der Grube immer nea.

Sie hörte keine Mutti schrein
und tapste in die Grube rein.

Und die Moral von der Geschicht:
Böse Buben warnen nicht.

Ein Kinderreim über Kastrationsängste

(beim Lesen bitte laut mitsprechen)

putz putz putz
schnie-del-wutz

putz putz putz
schnie-del-wutz

putz putz schniedelwutz
putz putz schniedelwutz

putzi putzi schniedelwutzi
putzi putzi schniedelwutzi

putzt lutz schniedelwutz
lutz putzt schniedelwutz

putzi lutzi schniedelwutzi
putzi lutzi schniedelwutzi

putzt sich lutz den schniedelwutz
sonst stutz ich lutz den schniedelwutz

stutz lutz schniedelwutz
stutz lutz schniedelwutz

schwups ups was ’n los
schniedel stups-nasen-groß

schwups ups was ’n los
schniedel stups-nasen-groß

schnibbel di schnapp
schniedel ab

schnibbel di schnapp
schniedel ab

schnibbel di schnibbel di
schnibbel di schnapp
schniedel schniedel
schniedelwutz ab

Wie ein doofes, armes, faules Wesen zu Reichtum, Wohlstand und Stärke verhelfen kann.

Es war einmal ein altes Kind, das war dick, doof und faul. Außerdem war es bitterbitterarm und hatte nur eine Hand. Es lebte auf Straßen und Feldern, in Wiesen und Wäldern, und es war immer allein. Schon damals, als das Kind noch sehr jung war, war es bereits pampig, gierig und unverschämt. In die Kindergruppe kam es immer zu spät, malte aber zuerst.
Später dann in der Schule blühte der Charakter des Kindes erst richtig auf. Es gab an, schrieb ab und nahm zu, weil es seinen Mitschülern immer das Essen klaute. Dieses Verhalten hatte jedoch einen guten Grund: Das Kind war von schlechten Eltern. Als es wieder einmal einem Mitschüler das Hab und Gut klaute, aufaß und verbrannte, trennten ihm die Eltern eine Hand ab und setzten es aus. Von da an streunte das Kind sinnlos umher und lebte allein von den Früchten der Natur.

Eines Tages fand das Kind ein großes Stück Brot! Noch nie in seinem Leben hatte es ein so großes Stück Brot gefunden. Es setzte sich auf eine Bank und wollte es essen. Da kam eine blinde Taube. Sie war klein und ausgehungert, und das Kind hatte Mitleid mit ihr und fragte: „Du, Taube, willst du was von meinem Brot abhaben?“

Doch die Taube konnte weder hören noch sehen. Das war ihr vor einigen Tagen vergangen. Da nahm das Kind einen Brotkrumen, schmiss ihn der Taube an den Latz und sagte: „Ach, komm schon, auch eine blinde Taube findet mal was!" Und tatsächlich: Die Taube fand das Brot, fraß es auf, flog davon und ward nie mehr gesehen. Da wurde das alte Kind traurig und weinte bitterlich. Dann besah es sich die andere Brothälfte und schrieb ein Gedicht:

Wer nie sein Brot mit Tränen aß,
wer nie die kummervollen Nächte
auf einer blöden Parkbank saß,
der kennt sie nicht,
der Armen Rechte.

Es wurde Abend und das Kind müde. Die Dämmerung kroch heran, und dem Kind ging ein Licht auf. Es lief in ein nahe gelegenes Waldstück und stellte sein Licht unter einen Scheffel. Da sagte der Scheffel: „Eeeyyyyy! Was ist dat denn hier, mach ma das Licht aus, ich will pennen, du! Guck ma auf die Uhr!" Hm. Das Kind erschrak, blies das Licht aus und legte sich auf der Stelle hin. Mitten in einen Ameisenhaufen. Die Ameisen brauchten nicht lang, das Kind zu erlegen, und die Ameisenkolonie wurde die größte und mächtigste des ganzen Waldes.
Ja, da kann man mal sehen, dass ein Kind durchaus zu was nütze sein kann!

Kinder 3

Es waren mal zwei Kinder,
die sahn so aus wie ich,
die fragten nicht nach Sonnenschein
und fiel'n in eine Grube rein.

Die Grube wurde zugeteert,
und jetzt der Schulbus drüberfährt.
Die Kinder sahn so aus wie ich,
warum, weiß ich bis heute nicht.

Thema Tiere

Ich finde ja, Tiere sind das Schönste und Schützenswerte, was es überhaupt gibt. Ich glaube auch, dass der Mensch von Geburt an ein Tierfreund ist – und die Tiere, wenn man genau hinguckt, freuen sich auch, dass es den Menschen gibt, weil der Mensch gibt ihnen Futter und streichelt sie und, und, und. Aber man kann das Verhältnis auch kritisch sehen, denn sehr viele Tiere verkohlen den Menschen, sehr viele Tiere tun so, als könnten sie nicht sprechen. Oder als könnten sie nicht fliegen, wie zum Beispiel die Katze. Und wenn man das alles so sieht, dann sind Tiere eigentlich nix anderes als Menschen in Tierklamotten. Das hat auch der Professor gesagt, bei dem ich jetzt diese Einzelförderung habe.

Als Kind habe ich eine sehr große Liebe zu Tieren entwickelt. Ich durfte mir damals sogar einen Hund kaufen, aber ich hatte leider kein Geld. Da bin ich dann oft in die freie Natur gegangen und habe mir mit einer großen Lupe Ameisen angeguckt und mir einfach vorgestellt, das wären Hunde. Und irgendwann habe ich dann herausgefunden, dass, wenn man die Lupe so hält, also so senkrecht unter die Sonne, sodass die Sonnenstrahlen in die Lupe gehen. Dann hat die Lupe die Strahlen, die Sonnenstrahlen, gebündelt zu einem Bündel Sonnenstrahlen. Und wenn man die Lupe in einem bestimmten Abstand zum Boden gehalten hat, dann hatte man auf dem Boden eine

Art Brennpunkt. Der musste möglichst klein sein, dann war der besonders heiß, da entstanden Temperaturen von über 180 Fahrenheit. Und mit diesem kleinen Brennpunkt konnte man die Ameisen dann … na ja … suchen.

Wenn ich dann eine ausgeguckt hatte, bin ich immer am liebsten als Erstes auf die Hinterbeine gegangen. Es ist wirklich ganz erstaunlich, wie flink die mit vier Beinen immer noch unterwegs sind! Dann kann man sich die Mittelbeine vornehmen, das ist aber auch viel schwieriger, da brennt man schnell in die Hüfte rein, was dann ja nur wehtut. Da geht man am besten einmal ganz drüber. Und dann knackt das und dampft und dann ist gut.

Man kann die Ameisen auch einsammeln, sie mit nach Hause nehmen, damit auf einem frischen Brötchen z.B. das Wort „Mohn" legen und dann sagen: „Guck mal, Mama, ein Mohnbrötchen."

Einmal, als ich Ameisen fing, da stand mein Bruder hinter mir und sagte kopfschüttelnd: „Johann, Johann, Johann! Das ist aber nicht schön!" Da hab ich zu ihm gesagt: „Aberaber Horst-Kevin! Stell dir mal vor, du müsstest den ganzen Tag arbeiten und nachts im Dreck schlafen! Da würdest du dich auch bedanken, wenn einer mit der Lupe kommt und dir das erspart!"

Vom Hund

Der Hund an der Leine
hat keine Beine.
Darum ist der Hund
auch untenrum wund.

Ich schenk ihm einen Roller
doch wie soller
sich da halten?

Da lässt Walter
sein Halter
Gnade walten
und gibt ihm seine
Beine
zurück.

Was 'n Glück
für den Hund
und auch
für seinen Bauch.

Zwei Hasen

Es saßen zwei Hasen
und fraßen den Rasen.
Da wollte die Häsin
dem Hasen ein' blähen,
doch dann kam der Gärtner
um Rasen zu mähen.

Sie hüpften von dannen,
bis unter die Tannen,

doch da kam ein träger,
betrunkener Jäger

und schoss, dideldei,
die Hasen zu Brei.

Miezekatze

Die Katze erbricht die Reste der Maus,
ich seh es und schimpfe und motze,

ich öffne die Fenster, im ganzen Haus
riechts jetzt nach Miezekotze.

Der Stichling*

Ein Stichling stach im Freudenhaus
seinem Freund die Augen aus.

Dann ging er auf sein Zimmer,
und vögelte wie immer.

Und die Moral von der Geschicht',
das tut mir leid, die weiß ich nicht.

* Aus: Das große Lexikon der Biologie:
„... der Stichling sticht und vögelt nicht."

Fieses Getier im See vor Mallorca

Es war im Sommer, im Meer vor Malle,
ich traf dort eine ungeheuer fette Qualle,
und diese Qualle,
das klingt vielleicht jetzt barsch,
die hatte richtig Feuer unterm Arsch.

Ich glaubte erst,
sie wollte mir nur schmeicheln,
zumindest fing sie an
mich großflächig zu streicheln.
Vor Verlegenheit
wurde ich am ganzen Körper rot,
und hätt ich das nicht überlebt,
wär ich jetzt tot.

Selbstverständlich
wollte ich mich an ihr rächen,
jedoch ohne sie gleich totzustechen,
ich fing sie ein – und brachte sie an Land,
dort bestreute ich sie liebevoll mit Sand,
und als wenns der Zufall wollte,
kam es, wie's wohl kommen sollte,
ja, es kam der erste Jogger angerannt.

Ich weiß, ich weiß, ich wollte sie bestrafen,
und das Geräusch,
als sich die beiden schließlich trafen,
das war wie wenn eine Faust,
in Wackelpudding saust,
der Jogger schrie wie blöd herum,
und so Quallen sind ja leider stumm.

Die blinde Taube

Es war im Mai, ich glaube,
da flog 'ne blinde Taube,
zu ihrem first Blind Date,
leider viel to late.

Der Vogel war ganz lieb,
doch war er nicht ihr Typ,
da saß ein grauer Star,
den sie noch nicht mal sah.

Nun war die Taube wütend
und auch ein bisschen sauer,
da flog sie ungebremst
vor eine dicke Brücke.

Ein roter Fleck blieb kleben,
erinnert an ihr Leben,
da seht ihr, was geschieht,
wenn man zu wenig sieht.

WERDEGANG

Johann König

I. Spuren in der Kindheit

Geboren am 21. Juni 1972 in Soest in Westfalen als René Otzenköttel. Johann kam um 23:57 Uhr zur Welt, sein Bruder Horst-Kevin dagegen erst um 0:02 Uhr, d.h. erst am 22. Juni, und damit war Horst-Kevin nicht mehr Zwilling, sondern schon Krebs.

Das führte zu Missverständnissen, denn wenn die Leute sagten: „Na, ihr seid wohl Zwillinge!“, hat Johann immer gerufen: „Nee, nee, nee, nur ich. Er ist Krebs. Guck doch mal genau hin, Tante.“

Johann u. Horst-Kevin beim „Wir-sind-Brüder-und-mögen-uns-Spiel"

Nach gröberen Streichen, z.B. dem Vater eine Nacktschnecke in die halb volle Zigarettenschachtel stopfen oder Ameisen mit der Lupe rösten, wurde Klein René nicht in einen alten Schuppen gesperrt, sondern großzügig eingemauert. Und anstatt dort Holzfiguren zu schnitzen, schrieb er kleine feine Reime.

II. Berufsvorbereitung

Schule in Soest, Ausbildung zum Kinderkrankenpfleger in Lippstadt, Sportlehrerstudium in Köln.
Von diesen Stationen seines Lebens gibt es angeblich keine Fotos. Also auch keine Beweise. Sehr verdächtig.

III. Die Anfänge

Als armer Student in Köln („mit dem Linienbus zu IKEA“) schiebt René Nachtwachen im Krankenhaus. Er bekommt 110 DM pro Nacht, was damals sehr viel Geld war. Die Pausen in den oft langen Nächten vertreibt sich René mit Gekrakel und Gekritzel. Nein, das ist nicht schön. Er vertreibt sie sich mit dem Anfertigen von lyrischen Versatzstücken, von kleinen poetischen Perlen und fantasievoll gereimten Metaphern, die einmal Ausgangspunkt für das kleine Büchlein werden sollten, das Sie nun in den Händen halten. (Oder wo auch immer.)

22. Juni 1997:
Erste öffentliche Rezitation eines Gedichts beim „open microphone“ in der Kellerkneipe ZapZarap in Köln. René: „Ich las *Zwei Hasen* vor, und die Leute haben so gelacht, dass ich dachte: Hm, das muss ja witzig sein.“ Von nun an ist er jeden letzten Sonntag im Monat dabei und nennt sich aus Scham Johann König.

Seit April 1998:
Erste Kurzauftritte als Johann König bei der „Offenen Bühne Köln“, bei Literaturfestivals, Poetry-Slams, Comedy- und Kabarettveranstaltungen in Köln und Umgebung.

Erste Auftritte als Johann König, eingekleidet von „schwul & farbenfroh“.

Das erste Pressefoto, geschossen von Erwin.

Foto: Marcus M

Das erste Plakatfoto

IV. Hobbys

Gleitschirmfliegen, Katzen und Fußball.

Johann liebt Katzen. Eine hat er von seinem Bruder Horst-Kevin geschenkt bekommen. Und diese Katze hat deshalb auch einen Doppelnamen: Hekto-Pascal. Also vorne der riesige Hekto-Pascal, hinten der vermummte Johann.

Perfekte Körperhaltung beim „gestützten Flugkopfball".

Foto: www.spomedis.de

V. Preise

24. August 2002:
Johann gewinnt in der Trinkkuranlage bei Bad Nauheim die „Große Mathilde“, eine weiße Frauenbüste aus Marmor-Optik.
Man beachte seine Körperhaltung.

- *Erhobene Arme: große Freude.*
- *Gesenktes Haupt: angeborene Bescheidenheit.*
- *Preis in der rechten Hand: großer ideeller Wert.*
- *Scheck in der linken Hand: Geringschätzung des Preisgeldes.*
- *Scheck wird schräg (in der Sagittalebene) gehalten, ist daher:*

1. für die Zuschauer nicht sichtbar: Unterstreicht die Unwichtigkeit der Preisgeldhöhe;
2. für die Kollegen sehr gut sichtbar: Unterstreicht die unschuldig daherkommende, subtile Fiesheit des rosa Mannes. Es war definitiv sein letzter Wettbewerb.

Foto: Claudius Pflug

11. Juni 2005:
Johann nimmt ein allerletztes Mal an einem Witzwettbewerb teil und gewinnt für seine ausgefeilte Performance beim Großen Kleinkunstfestival 2005 im Berliner Kabarett-Theater „Die Wühlmäuse“ den von der anwesenden Zuschauerschaft gewählten Publikumspreis – eine löffelohrige, in Fliege und Frack gekleidete, auf zwei Beinen stehende und freundlich grüßende Bronzemaus aus dem Hause Hallervorden.

Bei vielen Wettbewerben hat Johann auch nichts gewonnen (siehe Bild links).

VI. Ausreißer

Der erste Film:
Ein Historiendrama für RTL. Johann in seiner Paraderolle als Offizier der Volksarmee, rechts ein unbekannter Schauspieler.

Kurz nach dem Dreh dieses verrückten Films: Johann angesengt und aufgedunsen.

VII. On Tour

Für seine Musikeinlagen hat sich Johann immer nur die besten Musiker ausgesucht. Barbara spielt die Quetsche, Johann in bunt, verkleidet als seine Mutter, spielt gerade seine eigene Geburt nach in dem Lied: „Ich träumte grad von Alaska, und hatte den Johann im Bauch ...“

Tipp an alle:
Solch einen Hartseifenspender aus einer handelsüblichen Zugtoilette abschrauben, zu Hause in die Küche hängen und statt der Seife ein schönes Stück Parmesan reinstecken. Guten Appetit.

Am Zugfenster mit
Dr. Paul, Gitarre.

Eutingen im Gäu:
Verkehrsknotenpunkt und Umsteigebahnhof für Fahrgäste in Richtung Stuttgart. Helmut, Johanns musikalischer Begleiter, ist sauer, weil er nicht mit aufs Foto darf (nicht im Bild).

Dornstetten:
Johann will Helmut ein paar Blumen kaufen. Dabei rennt er unbemerkt an einem Blumenautomaten vorbei (Tunnelblick), der achtlos an der Wand hängt. Hätte aber auch nicht viel genützt, wie man hier schön sehen kann.

Koblenz:
Helmut und Johann beim Tourstressing. Helmut ist enttäuscht, weil er dachte, das Deutsche Eck ist eine Kneipe.

Im Nachtzug:
Johann hat es sich in seinem Abteil gemütlich gemacht. Mit Musik, Wein und Wasser. 6 Uhr Ankunft in München, 7 Uhr am Set, 8 Uhr drehfertig: „Gut, dass ich kein richtiger Schauspieler bin."

Dornstetten Hbf.:
Helmut und Johann warten im dichten Schneetreiben auf den „train to nowhere“. Die schlechte Laune wurde extra für dieses Foto überspielt.

VIII. Vor der Show

Johann bleibt zufällig vor dem Plakat seines heimlichen großen Vorbilds stehen und guckt zufällig in die zufällig gezückte Kamera. Was für eine Axt.

Nach der Show werden schon die Autogramme für morgen geschrieben: „Für … Johann König“. Draußen ist es bereits 7 Uhr morgens.

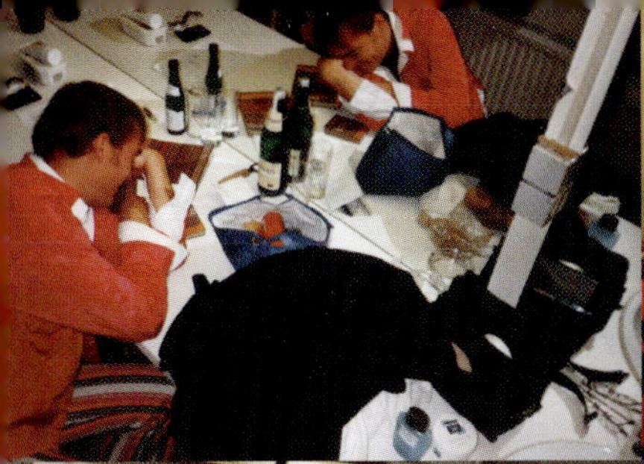

Die einsamsten Momente verlebt Johann in der Garderobe. 20 Minuten vor dem Auftritt ist er oft sehr allein. Dann ist er froh über jede Beschäftigung: umziehen, rasieren, sich selbst fotografieren. Oder über neue Programmtitel nachdenken: ohne Proben nach oben, die Garderoben sind oben, ohne Drogen nach oben, die Drogen sind oben in den Garderoben, ohne Loben in die Roben.

Jeder Zeh ist einzeln verpackt. Das ist ein schönes Gefühl und sieht gut aus.

Neunzehn Uhr fünfundvierzig, Johann rasiert sich. „Na, dann mach ich ihnen gleich wohl wieder den Johann König."

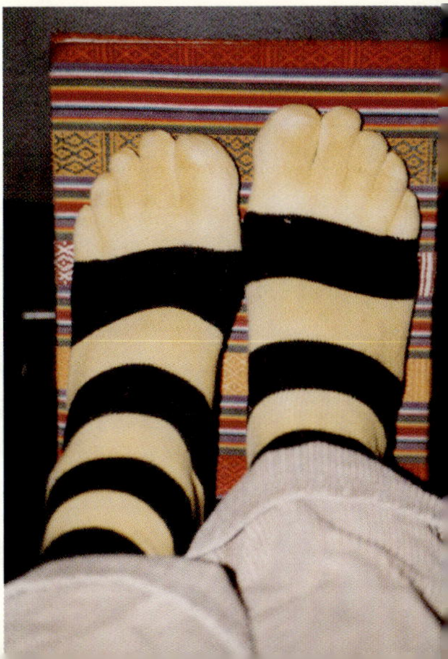

IX. Nach der Show

Die Aftershow-Party ist bereits voll im Gange. Darum sitzen Johann und Helmut auch im Gange. Also im Flur des Hotels. Die ganzen Miezen stehen hinter der Kamera.

Das erste Bier nach der Show ist immer das leckerste. Helmut wartet darauf, dass er nachschenken darf. Das fünfte Bier schmeckt überhaupt nicht mehr. Nur Helmut weiß, warum.

Manche Hotelzimmer sind übertrieben, …

… in manchen fühlt man sich beobachtet …

…und manche sind einfach schlecht tapeziert.

Zum Bestehen der gleichnamigen Tour gehört auch eine Übernachtung im „Ochsen". Die Kissenzipfel der Zipfelkissen sind noch spitzer, als es aussieht. Na denn gute Nacht.

Nach dem Ochsen-Frühstück kommt Johann zurück in sein Zimmer. Irgendetwas stimmt nicht. Minutenlang betrachtet er das Bett. Die linke Seite ist völlig zerknüddelt, obwohl er rechts geschlafen hat.

X. Wie die Jahre vergehen

1999:
Johann tritt in useligen Hinterhoftheatern auf (ohne Toilette), kann sich keine eigene Frisur leisten (zu teuer) und hat immer wieder Mühe, in den verschmierten Garderobenspiegeln seine, der unreinen Haut geschuldeten Pickel zu finden (schlechte Ernährung, Kassenpatient).

Nur zwei Jahre später:
Die Haut ist porentief rein (Privatpatient), die Frisur sitzt wie angegossen (Schönheitschirurgie), und an der mit blauem Samt bestickten Garderobenwand hängt ein goldverzierter Spiegel, der so blank geputzt ist, dass sein Betrachter dem eigenen Antlitz kaum standhalten kann. Das ist aber auch gar nicht mehr nötig, denn wenn das Äußere stimmt, dann braucht man den Spiegel nicht mehr. Höchstens noch, um ihn dem Publikum vorzuhalten, damit es sich erkennt, damit es – in der eigenen Amüsierhaftigkeit brutzelnd – wie spiegelverzerrt über das Schreckliche lacht und das Lachhafte erschrickt. Der Blick des Künstlers hingegen geht weiter, weiter nach oben, über den geschwungenen Spiegelrand hinweg, hoch hinaus in den Entertainmenthimmel, wo Heinz Erhardt auf einer Wolke auf ihn wartet. Und ganz nebenbei ist der Spiegelrand in seiner verschnörkelten Goldheit bereits Hinweis auf den goldenen Käfig, in den hinein der Künstler langsam zu steigen verdonnert wird.

Steckbrief:

Name: Johann König
Beruf: Darstellender Künstler auf dem Gebiet „*Progressives Evententertainment im Premiumbereich*“

Thema Zeit

Der Aufzug blieb stecken. Panik brach aus. Gott sei Dank war ich allein. Ich konnte mich schwerlich selbst tottrampeln. Trotzdem trat ich mir auf den Fuß und sagte: „Passen Sie doch auf!"

Ich drückte alle Knöpfe, doch nichts passierte. Ich begann zu rufen, zu schreien, zu fluchen und schließlich zu brüllen, doch ganz offensichtlich blieb ich dabei für die Außenstehenden unerhört leise. Ich beruhigte mich. Was sollte ich tun? Ich hatte kein Telefon, keine Uhr und kein Essen dabei. Ich könnte etwas lesen. Zufällig hatte ich eine Zeitung dabei: Die ZEIT. Ja, genau, „DIE ZEIT", das knallige Wochenblättchen für zwischendurch. Noch nie im Leben hatte ich auch nur 10% einer Ausgabe gelesen. Aber jetzt hatte ich die Zeit, und so nahm ich sie mir, und las und las.

Zuerst die interessanten Sachen, später die Uninteressanten, zwischendurch trommelte ich immer wieder verzweifelt an die Aufzugstür, und schließlich las ich sogar das komplette Impressum.

Ich fühlte mich nun einerseits umfassend und ausgewogen informiert, andererseits vertrug sich die plötzliche Fülle im Kopf nur schwer mit der bleibenden Enge des Raumes. Mein Kopf war so voller Buchstaben wie eine Buchstabensuppe, und weil es sich anfühlte, als würden die Buchstaben auch noch munter auf und ab tanzen, nannte ich sie Seepferdchensuppe.

Die Vorstellung, dass mein Kopf voller buchstabenförmiger Seepferdchen war, ließ mich kurz aufschmunzeln und für einen Moment meine missliche Lage vergessen.
Aus Mangel an Alternativen begann ich, die ZEIT noch mal zu lesen. Bei diesem zweiten Lesen verstand ich plötzlich die Autoren, deren Ansichten mir vorher komplett verborgen geblieben waren, und umgekehrt. Ich war verwirrt. Was hatte das zu bedeuten? Seit wie vielen Stunden war ich hier?
Es schien fast so, als wollten Sinn und Verstand von nun an getrennte Wege gehen.
In der Hoffnung auf Besserung wartete ich eine Weile, dann nahm ich mir das Blättchen noch mal vor. Weil ich nicht alles noch mal lesen wollte, machte ich aus Spaß ein kleines Experiment und begann, sie rückwärts zu lesen. Dabei machte ich eine erstaunliche Entdeckung: Wenn man die Zeit rückwärts liest, dann erscheinen zwischen den Zeilen geheime Botschaften.
Als ich während des Lesens für einen Moment dachte: Ich will hier jetzt raus, verdammte Scheiße, da las ich plötzlich zwischen den Zeilen: Das Tor zu Hölle steht dir jederzeit offen. Sofort schwenkte ich zu einem anderen Artikel. Er trug die Überschrift: Du kommst hier nicht heraus, du lernst den Teufel kennen, der wird dir dann die Seele von deinem Körper trennen. Der Teufel? Gott sei Dank glaubte ich nicht an so etwas. Wo sollte der Teufel denn sein? Ich erinnerte mich an ein Sprichwort, das sagt, wo der Teufel steckt. Doch da erschienen die Zeilen, Johann, der Teufel steckt nicht im De- sondern

im Wirtschaftstail. Ich las den Wirtschaftsteil. Vorwärts und rückwärts. Nichts.
Langsam wurde mir doch etwas mulmig. Ich musste mich irgendwie ablenken.
Ich erinnerte mich an ein Spiel aus meiner Kindheit. Und so nahm ich einen Stift, und ich schrieb die Zahlen 1 bis 50 wild durcheinander an die Tür, um sie anschließend in der richtigen Reihenfolge zu verbinden. Malen nach Zahlen für das fantasievolle Kind aus dem Waldorf.
Die entstandene Zeichnung war ein wirres Gekrakel. Sie erinnerte mich ein wenig an die sinnlosen Resultate vom Bleigießen. Und so schaute ich sie an. Doch ich erkannte nichts. Da kamen mir plötzlich die Postkartenbilder in den Sinn, die man auch „Das magische Auge“ nennt. Man starrt eine bemalte Postkarte an, muss aber eine Ebene hinter dem eigentlichen Bild anvisieren, und schon nach wenigen Sekunden entsteht ein neues, überraschend anderes Bild. Dieses versuchte ich nun mit dem Türgemälde: Konzentriert blickte ich es an, fokussierte nun aber tiefer, hinter die eigentliche Oberfläche. Und tatsächlich: Auf dieser Ebene entstand ein Bild zwischen magischer Schönheit und naiver Malerei. Ich dachte: Ach, wie pittoresk. Ich erkannte ein Mädchen. Sie stand auf einer sommerlichen Blumenwiese. Sie trug ein weißes Kleidchen, offenes blondes Haar und strahlte mich an. Die vermeintliche Dreidimensionalität des Bildes ließ mich meinen Kopf etwas zur Seite neigen. Ich hatte die irrsinnige Vorstellung, es könnte sich um ein

Wechselbild handeln. Und schon wieder tatsächlich: Als ich das Motiv aus einem schrägeren Winkel betrachtete, da wechselte plötzlich ihr Antlitz, und aus ihrem Gesicht wurde die Fratze des Teufels.

Ich erschrak bis ins Mark. Ich hatte den Teufel an die Wand gemalt. Obwohl ich genau wusste, dass man das nicht tun soll. Hektisch wischte ich die Zeichnung von der Tür und richtete meinen Blick zur Seite.

Ich wollte Zeit gewinnen. Ich prägte mir die Wand genau ein, dann schloss ich für etwa dreißig Minuten die Augen, öffnete sie wieder und suchte fünf Unterschiede.

Einen entdeckte ich sofort: Eine Mücke. Sie saß an der Wand und putzte ihren Stachel.

Sie putzte ihn für mich. Ich wusste es. Sie polierte ihn, um mich damit abzustechen. Sie war der Teufel. Blutrünstig und hinterhältig. Voller Vorfreude grinste sie mich an.

Sie schien keine Angst zu haben, dass ich sie mit einem Schlag erledige. Ich könnte sie mit der Zeit totschlagen. Mit der Zeit totschlagen? Jetzt ist nicht die Zeit für Wortspielereien, dachte ich laut. Ich könnte sie augenblicklich totschlagen, doch sie saß nur da und grinste. Warum? Warum war sie sich so sicher? Wahrscheinlich konnte ich sie nicht erschlagen. Sie war unbesiegbar. Sobald ich nach ihr schlüge, würden da plötzlich zehn sein, und dann dreißig. Ich war verloren. Und ich war doch erst dreißig. Ich begann zu weinen. Ich begann zu schreien. Ich schrie und schrie. Die Mücke schmiss ihre Flügel an, das Licht flackerte, ich begann wild nach ihr zu treten, und rutschte dabei aus und schlug lang hin.

Da öffnete sich plötzlich die Tür, im Luftzug entfaltete sich die Zeit, und ein Mann im blauen Anzug sagte: „Was machen sie denn da?"

Der Teufel hat viele Gesichter, dachte ich. Als Hausmeister gefiel er mir mit Abstand am besten.

Zug-Gedanken I

Ich sitze im Gang,
fahre die Landschaft entlang
und träume von lachenden Zeiten.

Der Raps ist gelb,
I need some help,
in diesen zerfahrenen Weiten.

Zug-Gedanken II

Im Zug ists zugig,
er fährt zu zügig
bei offener Tür,
das merk ich mir.

Poesie, Poesie, aus der Dermatologie

Wer nie sein Brot mit Tränen aß,
wer nie die kummervollen Nächte,
zu Hause mit der Salbe saß,
der kennt sie nicht, die Schuppenflechte.

Hoffnung

Ich sitz in der Küche und treibe
den Käse über die Reibe.
Ich schaue ihn an
und hoffe sodann,
dass ich kein Gedicht darüber schreibe.

Im Mozartkrankenhaus

Vor nicht allzu langer Zeit bin ich mal in ein Krankenhaus eingeladen worden, mit einer Fraktur, also mit einer psychischen Fraktur. Ich hatte einen Knacks im Oberstübchen erlitten, beim Nachdenken im überhöhten Bereich. Und ich bin dann ins Mozartkrankenhaus eingeliefert worden. Sie wollten mir den Kopf aufschrauben, aufräumen da drin, und es dann, ja, irgendwie gerade biegen …
Auf jeden Fall sollte ich da operiert werden, und ich habe so eine Art Gedächtnisprotokoll von diesem Krankenhausaufenthalt gemacht.

Erster Tag:
Muss um acht Uhr zur prästationären Aufnahme im Mozartkrankenhaus sein. Bin zehn Minuten zu spät, komme um zehn Uhr dran. Alles wird vermessen. Morgen werde ich operiert.

Zweiter Tag:
Morgen werde ich operiert. Bin heute in der Früh verwechselt worden. Ist aufgefallen, weil man einen Mann nicht zum Mann umoperieren kann. Und sollte.

Dritter Tag:
Heute werde ich operiert, wurde aber auch Zeit. Frage eine Krankenschwester, ob Mozart tatsächlich Krankenhäuser gebaut hat.

Darauf zeigt sie mir einen Vogel, der Amadeus heißt und die kleine Nachtmusik singt. Ohne den Hauch einer Ahnung sage ich: „Verstehe!“ Langweile mich bis zum Eintritt der Narkose. Schwester. Dann schlafen. Drei Stunden später mit schmerzverzehrtem Gesicht aufgewacht. Narkoseschwester hat einen Bart und heißt Werner. Pipi in Flasche macht.

Vierter Tag:

Habe schlimme Kopfschmerzen, möchte nach Hause. Der Arzt sagt, die Operation sei vorschriftsmäßig durchgeführt worden. Ich sage: „Herzlichen Glückwunsch, Sie Arzt!“ Zur weiteren Beobachtung müssten sie mich aber noch hierbehalten. Ich sage: „Herzlichen Dank, Sie Arsch!“ Bin zutiefst frustriert. Mein Decknachbar, nein, mein Bettnachbar heißt Mike. Ich habe mitbekommen, dass er absolutes Alkoholverbot hat. Als er einen Spaziergang macht, trinke ich seine Vorräte leer, um ihm zu helfen. Als er wieder da ist und mit mir schimpft, weine ich, bis der Arzt kommt. Wegen des Alkoholgestanks bekommt Mike kein Abendbrot. Ätsch.

Zehnter Tag:

Habe geträumt, ich hätte im Preisausschreiben der Barmer Ersatzkasse gewonnen. Erster Preis war eine kostenlose Vorsorge-Obduktion. Als ich vor dem Obdulogen lag, fragte der mich, welche Todesursache ich gerne hätte, ich könne mir eine aussuchen. Ich fragte nach Raucherlunge, Leberzirrhose oder Milzbrand. Er sagte, es gingen nur noch Schnittwunden, Zyankali oder Tritte. Ich stellte mir den Totenschein vor: Todesursache Tritte vom Obdulogen. Das würden meine Eltern nicht verstehen. Ich fragte, was das überhaupt solle, Vorsorge-Obduktion. Er sagte, er würde mich jetzt aufschneiden und dann der Barmer melden, wie lange ich noch gelebt hätte. Und die würden dann meinen Satz neu errechnen.

Zweite Woche:

Endlich Kacka gemacht, aua aua. Danke, Werner.

Vierte Woche:

Habe keine Lust mehr, mich zu bewegen. Deshalb versuche ich, allein kraft meiner Gedanken einen Höhepunkt zu bekommen. Kurz bevor es so weit ist, kommt Mike rein und sagt: „Johann, alte Beule, was hat dich denn geritten?“ Beim Mittagessen bekleckert sich Mike mit Soße und sagt: „Iih, ich seh ja aus wie ein Schwein!“ Ich sage: „Ja! Und jetzt hast du dich auch noch bekleckert!“

Sechster Monat:

Nach dem Röntgen sagte mir der Arzt, sie hätten eine Schere in meinem Kopf vergessen und müssten den noch mal öffnen, ob ich da wieder eine Narkose bräuchte. Dankend lehnte ich ab. Die ganze Nacht mit Mike und der Nachtschwester Tanja gefeiert und auf meinen Mut angestoßen. Nach einem Cocktail-Spezial von Tanja spielen wir drei das Spiel „Einer geht raus, und die anderen müssen raten, wer draußen ist“. Das ist komplizierter, als man erst denkt!

Der Tag der OP:

Wahrscheinlich werde ich gerade operiert. Anders kann ich mir folgende Szene nicht erklären: Ich sitze in einer Quizshow, und der Moderator fragt mich: „Welcher Begriff passt nicht in die Reihe? Mozartkrankenhaus – Mozartkugel – Mozartmusik oder Morzarella?“ Ich sage „Morzarella“ und gewinne ein Preisausschreiben bei der Barmer Ersatzkasse.

Zwei Tage später:

Ich erwache. Auf meinem Nachttischchen liegt eine riesige Heckenschere. Ich erschrecke, bis Mike sie schmunzelnd durch eine kleinere ersetzt. Haha.

Nach einem Jahr:

Ich bin entlassen worden. Fristlos. Und nun frage ich mich, wie ich meinen Zuhörern die Erwartung auf ein lustiges, intelligentes oder zumindest befriedigendes Ende nehmen kann. Ich frage mich auch, wo diese Erwartung sitzt und ob man sie operativ entfernen könnte. Ich werde einfach mal im Mozartkrankenhaus nachfragen.

Suizid in der Öffentlichkeit

oder: Peu à peu in die Apnoe

Ein Selbstmörder steht auf der Brücke,
der Brücke über den Fluss,
er ist des Lebens müde,
darum macht er heute Schluss.

Schaulustig versammeln sich Menschen
auf der Brücke direkt gegenüber,
sie strömen herbei, von überall her
und schauen interessiert zu ihm rüber.

Die Brücke ist jetzt brechend voll,
das Radio ist auch schon vor Ort.
Sie rufen und winken und glotzen,
und warten auf seinen Mord.

Jetzt wird er gleich springen,
man sieht es ihm an,
er rückt vor und wird immer blasser,
da plötzlich stürzt die Brücke ein,
und die Gaffer fallen ins Wasser.

Der Selbstmörder geht einen Schritt zurück
und sieht ihnen hinterher.
Sie rufen und winken und glotzen,
und treiben hinaus Richtung Meer.

Der Selbstmörder weiß nicht so recht
wohin, dann geht er verstört nach Hause,
dort schaltet er das Radio ein
und macht eine Selbstmordpause.

Suizid ohne Reue

Ich wanke durchs Leben,
taumelnd vor Glück,

und lass meine Seele
baumeln am Strick.

Pfui Teufel

Der Bestatter und sein Scherge,
die verkaufen gebrauchte Särge.

Und im Dorf wird schon geunkt:
Bald kriegen sie den grünen Punkt.

Im Supermarkt

Ich war neulich in einem Supermarkt und wollte Bananen kaufen. Ich habe zwei Bananen abgewogen und auf dem Zettel, der aus der Waage herauskam, da stand drauf, dass das Möhren sind. Und da hab ich gedacht: Johann, ob Bananen oder Möhren: Hauptsache gesund!
Und dann bin ich noch weiter durch den Supermarkt, hab überlegt, was ich noch kaufen könnte und hab dabei gedacht: Hier, hier, Johann guck mal hier, nee, guck mal hier, Klopapier, Johann, weißte, Johann, Klopapier kann man eigentlich immer gebrauchen ...

Und bei mir ist es so, wenn ich Klopapier kaufe, das ist mir immer ein bisschen unangenehm oder richtig unangenehm. Und so war das auch dieses Mal. Ich hatte dieses riesige Paket Klopapier im Einkaufswagen, und ich hatte ständig das Gefühl, alle alle alle gucken mir hinterher. Und im Grunde wissen alle ganz genau, was ich damit vorhabe. Und dann hab ich meine Sachen auf das Fließband gelegt, und da sagt die Kassiererin: „Ach, junger Mann, was haben Sie denn da? Klopapier! So viel Klopapier für Sie alleine? Na, Sie haben es ja wohl nötig! Und was haben Sie da noch? Ach, zwei Bananen? Alles klar! Wollen Sie nicht noch Olivenöl kaufen?“ Und da hab ich die Frau angeguckt und hab ganz freundlich zu ihr gesagt: „Halt die Fresse!“ Sie hat dann gesagt: „So, macht 10 Euro.“ Da hab ich zu

ihr gesagt: „Was, 10 Euro? Also, das hat zu mir auch noch keine gesagt. Das ist ja total rund! Hier, 11,32 stimmt so."
Dann hatte ich noch Hunger auf ein Eis, und deshalb hab ich sie noch schnell gefragt, ob sie 'nen Braunen Bär hat, und da hatte ich endlich mein Hausverbot!
Nun wollte ich meinen Wagen wegbringen, also meinen Einkaufswagen. Plötzlich kam eine Frau auf mich zu, fragte, ob sie meinen Wagen haben könnte. Da hab ich gesagt: „Ja klar, hier sind die Schlüssel, steht draußen, ist ein grüner Mazda!" Darauf Sie, nee, so hätte sie das nicht gemeint. Und ich: „Ich hab ja auch nur einen Witz gemacht, Sie humorlose Schachtel!"
Dann bin ich rausgegangen und hab meinen Wagen gesucht. Da fiel mir ein, dass ich ja nur einen Witz gemacht hatte. Habe ich mich total beömmelt.
Und dann hab ich gedacht: Johann, jetzt hast du so viel erlebt in dem Supermarkt, das war doch bestimmt ein Erlebnis-Supermarkt! Da gehst du einfach noch mal rein!
Bin ich noch mal reingegangen, wieder in die Obst- und Gemüseabteilung. Diesmal habe ich mir fünf Litschis abgewogen. Auf dem Zettel, der aus der Waage kam, stand drauf, dass das Kartoffeln sind. Und da habe ich zu mir gedacht: Johann, wer verarscht hier eigentlich wen? Und direkt danach: Johann, wenn du das nächste Mal in einen Supermarkt gehst, also dann, dann kaufste einfach vorher ein!

Frühjahr

Bin des Winters überdrüssig,
finde Winter überflüssig.

Kalt und öde ist der Winter,
schöner ist das, was dahinter
nach der trüben Zeit erwacht
und die Menschen glücklich macht.

Denn ich finde, erst im Märzen
öffnen sich der Menschen Herzen,
und ganz sicher, erst im Frühling
kriegt der Mensch ein gutes Fühling.

Schneeglöckchen und Hyazinthen,
täglich aus der Erde sprinten*.

Tage werden lang und länger,
Frauen werden schwang und schwänger.

Alles hier wird warm und bunt,
leicht und friedlich und und und …

* Hier ist ein Wort aus der Leichtathletik
in die Botanik transferiert worden. Genial!

Herbst

Wenn im Jahr die Blätter fallen,
Menschen sich zusammenballen,
und durch Tragen dicker Mützen,
sich vor kaltem Winde schützen,
dann ist klar, der Herbst ist da.

Draußen wird es kalt und kälter,
und wir werden alt und älter.*[1]
Und des Herbstes graues Kleid
tötet meine Fröhlichkeit,
legt sich leise an die Kehle
meiner unschuldigen Seele.*[2]

Morgens schon am Frühstückstisch
werd ich so melancholisch.
Nach der ersten Kaffeetasse
werd ich müde und erblasse,
nach der zweiten Scheibe Brot,
fühl ich mich so gut wie tot.

*[1] Doppelreim, ist dem Autor auf der Arbeit eingefallen.

*[2] Ich weiß nicht, wie es euch geht, mir läufts kalt den Rücken runter.

Vor zwei Wochen konnte ich
auf meiner Freundin Trost vertrauen,
doch die ist dann vorsorglich
und für immer abgehauen.

Heute leb ich ungebunden,
sie hat neues Glück gefunden,
sie liebt einen dekadenten,
doch potenten Sportstudenten,
der mit ihr nicht Trübsaal bläst,
sondern täglich sie verführt,
während ich nach Suizid,
mittels Blei und Dynamit,
unter einer Parkbank liege
und mich an den Boden schmiege.

Frühling

Pollen, Gräser, Wiesen,
davon muss ich niesen.
Kupfer, Chrom und Nickel,
davon krieg ich Pickel.
Nur von dir, du Sack,
von dir krieg ich Plaque.

Sommerzeit, Hummel Hummel

Es war mal eine Hummel,
die flog zum Überwintern,
in meines Freundes Tunnel,
sprich, in seinen Hintern.*[1]
Den hatte sie genau getroffen,
denn sein Arsch war meistens offen,*[2]
und im Sommer – ei der Daus –
flog sie stinkend wieder raus.
Sie stank, sie stank, ihr Leben lang,
nach meines Freundes Tunnel,
die dicke, dumme Hummel.

*[1] „Der hat Hummeln im Hintern“: Sprichwort für einen unruhigen Geist.

*[2] „Der hat den Arsch offen“: Umgangsspr. für jemanden, der sie nicht mehr alle hat.

Besinnlichkeit

Immer, wenn das Jahr sich neigt,
die Sonne nur noch rar sich zeigt,
wenn die Menschen kräftig kaufen,
schon am Tage Glühwein saufen,
und um acht sind alle breit,
dann ist Weihnachten nicht weit.

Das große Weihnachtsgedicht

Es war einmal ein Weihnachtsmann,
der hatte keine Handschuh an.
Da traf er einen Nikolaus,
und zog dem seine Handschuh aus*[1].
Der Niklaus nun, der arme Wicht,
der hatte keine Handschuh nicht*[2].
Da froren ihm die Dinger ein,
gemeint sind seine Fingerlein.
Und weinend lief er, und zu Recht,
zu Onkel Ruprecht, seinem Knecht.
„Du, Ruprecht, meine Hände frieren,
ich kann kaum mehr urinieren."
„Warum host kei' Handschuh an?"
„Die klaute mir der Weihnachtsmann!"
„Der Weihnachtsmann, das dicke Schwein,
beschert dir diese Höllenpein?
Für diese Sache wird er büßen,
wir werden ihm das Fest versüßen!*[3]

*[1] Na ja. Grammatik: 6+

*[2] Keine Handschuh nicht, das ist eine doppelte Verneinung, so was wird sehr gerne im süddeutschen Raum verwendet.

*[3] Hier benutzt der Autor das Stilmittel der Ironie. Gemeint ist natürlich versalzen. Aber das reimt sich kaum mit büßen.

Ich habe auch schon einen Plan,
wir sägen seinen Schlitten ahn!“
Und die beiden, ritsche, ratsche,
liegen in der kalten Matsche,
und beginnen sehr verwegen
Schlittenbeine anzusägen,
während er *(der Weihnachtsmann, Anm. der Redaktion)*
tut, was er am besten kann,
nämlich seinen Beutel leeren,
und naive Kids bescheren.
Plötzlich kommt er, welche Tücke,
früher als geplant zurücke,
während beide sehr verschwiegen
noch unter dem Schlitten liegen.
Und schon sitzt er heidewitz
auf des Schlittens weichem Sitz,
der leis knarrt und dann ganz schlicht,
unter ihm zusammenbricht.
Grauer Matsch verfärbt sich rot,
Nikolaus ist sofort tot.
Ruprecht stirbt ’ne Stunde später,
in ’nem Arm vom Sanitäter.
Und was lernen wir daraus:
Wer andern eine Gräbe grubt,
sich selber in die Hose pupt.

Morgen, Kinder

I. Morgen, Kinder, wirds nichts geben,
morgen kriegt ihr nichts geschenkt.
Mutter schenkte euch das Leben,
das genügt, wenn mans bedenkt.
Einmal kommt auch eure Zeit,
morgen ists noch nicht so weit.

II. Wir soll'n euch den Hals voll schenken,
sagt, was bildet ihr euch ein?
Könnt nicht arbeiten noch denken,
und wollt doch bescheret sein?
Ich weiß, dass ihr euch trotzdem freut,
morgen ist ein Tag wie heut!

III. Und eure gemalte Grütze,
liebe Kinder, habt Erbarm'.
hängt blöd rum, ist zu nicht nütze,
das könnt ihr euch wirklich spar'n.
Ohne euren Mal-Trieb,
ham wir euch noch mal so lieb.

I. von Erich Kästner, 1899 – 1974, II. und III. von Johann König, 1972 – ?

Die Jesus-Tagebücher

Vor kurzem bin ich vormittags mal in einem Park rumgelaufen, um mich abzulenken von der häuslichen Arbeit, und da habe ich plötzlich Gerd getroffen. Gerd ist ein ganz alter Freund von mir, den ich aber bestimmt sechs Monate nicht gesehen hatte, und ich habe gesagt: „Mensch, Gerd, altes Haus! Lange nicht gesehen!“, und er meinte: „Mensch, Johann, alte Rakete, gut, dass ich dich treffe, ich muss dir unbedingt was erzählen“. Und da hab ich gesagt: „Gerd, ich hab keine Zeit, ich muss ... hier rumlaufen.“

Er sagte, es sei aber ganz wichtig, und ich meinte, na, dann sag schon. Aber er bestand darauf, dass er mir das bei sich zu Hause erzählen müsste, und so bin ich dann mit ihm mitgegangen. Und zum näheren Verständnis möchte ich hinzufügen: Gerd ist eigentlich ein ganz normaler Mensch, aber aufgrund seiner psychohistorischen Disposition ist er in meinen Augen ein geistiger Wackelkandidat. Wir waren dann also bei Gerd zu Hause, und er sagte: „Johann, du wirst nicht glauben, was ich gefunden habe.“ Und ich sagte: „Ja, das glaube ich!“

„Johann, ich habe, halt dich fest, ich habe, ich habe die Jesus-Tagebücher gefunden.“ Und dann hab ich gesagt. „Äh, jaa? GERD! Glückwunsch!“ Und dann sagte Gerd: „Pass mal auf, Johann, ich gebe die dir mal mit, und dann kannste mal gucken und dann kannste mal sehen!“

Ja, Gerd hat mir dann tatsächlich was mitgegeben, er hatte ja schon reingeguckt und hat mir gesagt, dass er die interessantesten Stellen schon einmal angekreuzt hat, und ich müsste jetzt nur noch nach den Kreuzen gucken. Ich bin ja wirklich noch skeptisch ... Tatsächlich, da stehts: Die Jesus-Tagebücher. Und dies sind die Einträge mit Kreuz:

Samstag, 25. Dezember

Heute regnet es in Strömen. Gut, dass es gestern nicht geregnet hat, denn da habe ich meinen 13. Geburtstag gefeiert. Es war ein rauschendes Fest. Ich hatte 12 Leute eingeladen, die alle jünger waren. Es gab Kuchen, Apfelsaft und Wunderkerzen. Nachher waren alle müde!

Mittwoch, 8. Januar

Gestern hatte Vater Geburtstag. Es waren über 20 Leute da und haben sich auf meine Kosten amüsiert. Am Schluss musste ich wieder zaubern und bin dabei fast ertrunken. Das fand ich gar nicht witzig.

Freitag, 10. Januar

Gestern ist Großvater gestorben. Schade. Er war ein guter Großvater. Ich weiß noch genau, als er mir den ersten Bonbon schenkte. Ich hatte etwas Mühe, das glitzernde Papier zu öffnen, aber als ich ihn dann im Mund hatte, da wusste ich, dass ich etwas ganz Besonderes bin.

Freitag, 3. März

Ich glaube, ich habe die Pubertät. Alles wird so anders. Ich kriege riesige Pickel im Gesicht und ganz lange Haare. Heute Morgen hatte ich einen Fleck in meiner Schlafanzughose. Ich fragte Mam und Paps, was das ist, aber die wussten von nichts. Werde Johannes fragen.

13. Mai

Fühle mich gestresst und ausgelaugt, habe große Schwierigkeiten, mich zu konzentrieren. Heute kam beispielsweise ein Lahmer, eigentlich kein Problem, doch als er dann von mir ging, konnte er nichts mehr sehen.

17. März

Ich kann nicht mehr, bin völlig durch den Wind. Habe gestern aus Versehen aus Wasser Werther's Echte gemacht. War der Depp des Abends. Wenn das so weitergeht, werde ich über den Jordan gehen und nie mehr wiederkommen.

3. Oktober

Heute passierte rein gar nichts. Nur Isaac, der alte Sack, suchte seinen Anorak.

Sonntag, 24. Dezember

Heute ist mein 25. Geburtstag, und noch immer habe ich keine Freundin. Wenn mich eine Frau anspricht, muss ich immer wegrennen. Hinter meinem Rücken wird schon getuschelt, so Langhaarige Schwuchtel in Jesus-Latschen.

Freitag, 5. August

Mein Kumpel Johannes überlegt ständig, wie er mit einer simplen Idee möglichst viele Menschen begeistern kann. Jetzt hat er die Ueberlegung, den Leuten Erde auf die Füße zu streuen und ihnen dann zu sagen, sie hätten dreckige Füße. Thomas glaubt nicht, dass die Idee gut ist.

Also, hat dieser Johannes nicht nachher den Leuten Wasser über den Kopf geschüttet? Und ihnen gesagt, wie sie heißen? Das ist doch so'n Renner geworden, ne?! Die Älteren erinnern sich!

Ja, was mach ich jetzt damit ... Ich denke mal, die werd ich dem nächsten Stern anbieten. Vielleicht haben die ja Interesse, noch so'n Foto dabei von irgend 'nem Langhaarigen, schwarzweiß natürlich, man muss auf alles achten. Und dann sollte man bestimmt knallhart verhandeln, vielleicht so nach dem Motto: „Ja, guten Tag, mein Name heißt Johann König, und damit eins schon mal klar ist: Unter 50 Euro läuft hier gar nichts!"

Das kleine Gedicht

Es arbeitete auf dem Bau
'ne unwahrscheinlich kleine Frau,
die war so klein, dass es geschah,
dass man sie ständig übersah.

Beim Richtfest ist es dann passiert,
sie wurde eingefugt,
in eine kleine Fuge,
aus der sie heut noch lugt.

Wenn ich wollte, wie ich könnte, wisst ihr, was ich täte:

Alle Freunde, die ich hab,
lüd ich zu mir ein,
äß mit ihnen Knabberkram,
tränk mit ihnen Wein,
läs ihnen Geschichten vor,
oder heißt es läse,
säß mit ihnen vor dem Tisch
bei Rotwein, Brot und Käse.

Gegen Abend würd es doll,
wir stünden oder lägen,
schlügen uns die Bäuche voll,
und stopften uns die Mägen.
Später hingen wir dann rum,
oder heißt es hüngen,
meine Freundin bät ich drüm,
mir das Hirn zu düngen.

Recht und Wahrheit böge ich,
ohne dass ich löge,
auf dass mich der liebe Gott
wohl beschützen möge.
All dazu hätt ich größte Lust,
der Champagner flösse,
ohne Rücksicht auf Verlust,
wie ich das genösse.

Ich denk, ihr wisst, um wen es geht,
und jeder der ihn liebt,
der ist froh, der ist froh,
froh, dass es ihn gibt.

Gelobet sei der Konjunktiv!
Ich frag mich, was wohl würde,
wenn dieser schöne Konjunktiv
morgen plötzlich stürbe.

Geschrieben am 29.02.2004 vor dem Schloss zu Karlsruhe.

Unreim

Ich drücke Reime raus,
durchs Reimen drück ich mich aus,
Reimen ist ein Muss,
doch damit ist jetzt Schluss!

Reime, die sich reimen,
das kann jeder,
Reime, die sich nicht reimen,
das ist schon schwerer.

Es sieht aus wie ein Reim,
und ist gar kein.
Verdammt, es klappt nich,
immer reim ich.

Reimen, reimen,
ich reim euch einen.
Blaukraut bleibt Blaukraut
und Reimzwang bleibt Reimzwang.

Alkohol & Möbel

Es war gegen 16 Uhr 30,
oder 17 Uhr oder was weiß ich,
ich hatte mal wieder gesoffen,
und war total betroffen.

Da traf ich einen Kleiderschrank,
und ich betrat ihn schüchtern,
und nach fünf Stunden, Gott sei Dank,
da war ich wieder nüchtern.

Du & Ich, wir 3

In des Meeres Weiten
auf einem Pony reiten,
oder auf der Autobahn,
nur im toten Winkel fahren.

Das Sofa mal verschieben,
dann dort fremde Frauen lieben,
zwar im Kopf und auf die Schnelle,
aber doch an andrer Stelle.

Sich selber Karten schreiben
mit falscher Postleitzahl,
oder unabgesprochen
sich selbst was Schönes kochen.

Mal für einen Monat
den Blick zum Spiegel scheuen,
und dann sich wie ein Kind
auf Wiedersehen freuen.

Das Leben ist so gemein,
denn ständig sind wir allein,
doch meine Welt ist schön,
denn ich bin schizophren.

Leben als Beruf

Ich lebe vom Schreiben
und schreibe vom Leben
Ich rede vom Leben
und schreibe vom Reden
Ich rede beim Schreiben
und schweige beim Reden
Ich lebe vom Bleiben
und bleibe am Leben

Fragengedicht

Wer hat den Wein auf den Teppich gegossen?
Wer hat den Jäger vom Hochsitz geschossen?
Und wer hat das Ei, das möchte ich wissen,
ja wer hat das Ei durch die Harfe geschmissen?*

Es war ein Mann mit Damenbart,
der ständig aus dem Rahmen trat.

* Methode für hartgekochte Eier vor der Erfindung des Eierschneiders.

Johann im Frauenbuchladen

Kürzlich bin ich an einem Laden vorbeigelaufen, der hieß „Frauenbuchladen". Und ich hab gedacht: „Frauenbuchladen? Frauenbuchladen? Frauenbuchladen. Wie das wohl riecht?" Ich bin dann direkt reingegangen in den Frauenbuchladen. Da waren zwei Männer drin, die aber so gut als Frauen verkleidet waren, dass ich das gar nicht gemerkt hab. Ich habe mir ein paar Bücher angeguckt, ein Buch habe ich auch mal rausgeholt aus dem Regal. Das Buch hieß: *„Frauen ab vierzig und jünger und ihre Probleme"*, also ein dicker Schinken, aber, ja, pass auf, da stand drin, was Frauen wirklich gut finden. Jaa! Da gab es ein Kapitel, wie Mann 'ne Frau kriegt. Und da stand drin, was Frauen mögen. Frauen mögen nämlich Kino, aber jetzt nicht irgendwas, sondern, ganz konkret stand da drin, Frauen mögen verrückte Liebeskomödien mit turbulenten Verwechslungen, einem romantischen Happy End, spannend, erotisch aufgeladen, etwas sozialkritisch, aber, ganz wichtig: Ohne erhobenen Zeigefinger! Und da hab ich gedacht: „Jawoll! Johann, das ist der Tipp, den du immer gesucht hast, das ist doch großartig." Ich hab die Seite direkt rausgerissen aus dem Buch, bin rausgegangen, habe die erste Frau angesprochen und gesagt: „Hier, Frau, komm mal her. Ich glaube, wir gehen jetzt mal ins Kino." Und da sagte sie: „Ja, was läuft denn?" Und ich hab gesagt: „Es läuft 'ne turbulente Liebesdokumentation mit erotischen Verwechslungen, total spannend." Und da sagte sie: „Ah, och nöö. Das ist doch bestimmt wieder mit erhobenem Zeigefinger." Und da hab ich gesagt: „Nee, ist ohne erhobenen Zeigefinger, wirklich, hab extra nachgeguckt!" Da sagte sie: „Ah. Mensch, das ist ja toll", und das wär genau das, was sie jetzt brauchen würde, und ob ich ein Hellseher wäre und die ganzen Sachen. Und ich hab dann so ganz triumphierend in mich hineingegrinst und hab so gedacht: „Mensch, Johann. Du bist aber auch eine verdammt ausgefuchste Sau!"

Psychohistorische Betrachtungen aus der Sicht eines Betroffenen

Als ich ein kleiner Junge war,
war alles einfach wunderbar:
Ich saß im Sand mit einem Sieb
und folgte meinem Forschertrieb,
ich siebte und siebte und siebte,
weil ich das Sieben so liebte.

Später dann, vielleicht mit acht,
hab ich anderes gemacht,
ich hatte Locher und Papier
und wusste, das genügte mir:
Ich lochte und lochte und lochte,
weil ich das Lochen so mochte.

Unter Tausenden von Geschenken
war auch irgendwann das Denken.
Und da lag ich – nächtelang,
und hatte diesen bösen Zwang,
ich dachte und dachte und dachte,
obwohl es mich wahnsinnig machte.

Heut versuch ich mich vom Denken
so gut wie möglich abzulenken,
doch meistens klappt das überhaupt nicht,
und sogar das Reimen fällt mir schwer,
so schwer, so schwer, so schwer, so schwer,
wenn doch das Reimen nur nicht wär!

Ach wäre doch alles geblieben,
wie damals beim Lochen und Sieben.
Dann wär auf die Frage: Wo bist'n?
Die Antwort: Im Heim für Autist'n.

An der Ampel

’ne Schlampe und ein Trampel
stehn vor mir an der Ampel.
Der Trampel, diese Sau,
ich seh es ganz genau,
beäugt der Schlampe Busen,
so groß wie Pampelmusen.

Die Schlampe hats gesehn,
doch statt bei Grün zu gehen,
verprügelt sie den Trampel,
direkt noch bei der Ampel.

Geteiltes Deutschland

Wenn die Aldi-Brüder zu viert gewesen wären,
dann gäbs jetzt Aldi-Nord, -Süd, -Ost und -West.

Thema Gesellschaft

Wenn man sich diesem Thema ernsthaft nähert und sich fragt: Wie steht es um unsere Gesellschaft, dann muss man seine Artgenossen einfach mal beobachten. Und wenn man sich die Mitmenschen genauer anschaut, dann drängt sich der Verdacht auf, dass unsere Gesellschaft eine von Sachzwängen dominierte Wirklichkeit ist. Eine Fun- und Konsum-orientierte Scheinwelt, in der der Rückzug auf das eigene Selbst immer weniger gelingt.

Es gibt eine Statistik, nach der über 100% der Gesellschaft Probleme haben. Zum Beispiel ein Mann. Stellen wir uns mal einen Mann vor, der fährt morgens zur Arbeit, griesgrämig, und abends kommt er wieder nach Hause, ohne Arbeit, nur weil er nicht gelacht hat über den Witz vom Chef.

Viele Menschen in der Gesellschaft sind auch gefühlskalt, können das aber nicht zeigen. Ich beispielsweise bin eigentlich auch gefühlskalt, aber das glaubt mir keiner.

Oder ein anderes Phänomen in der Gesellschaft: Es gibt Leute, die fahren morgens zur Arbeit, und dann fangen die eine Arbeit an, machen die stundenlang, diese Arbeit, und am nächsten Tag fahren die wieder zur Arbeit und müssen genau da anfangen, wo die am Vortag schon angefangen haben. Die müssen immer bei Null anfangen, die kommen nie weiter. Ödipus-Arbeit. Ödipus war ein kleiner Mann, der immer einen ganz großen Stein einen Berg hochrollen musste, und oben stand dann seine Mutter und hat gesagt: „Ach, Ödi, wat soll ich denn damit? Was soll ich mit so ’nem runden Stein. Also, ’nen Quader könnte ich jetzt gebrauchen, aber nicht hier so ’ne Kugel.“ Und dann hat Ödi gesagt: „Ach, Mama, bitte“, und dann ist der Stein runtergerollt, und Ödi musste hinterherlaufen. Unten stand seine Schwester, die Syphilles, und hat gesagt: „Komm, machs noch mal!“ Das ist Ödipus-Arbeit. Aber das ist auch nur ein Beispiel.

Inhalt

Mehr von Johann König …

… unter www.johannkoenig.com

2. Auflage 2006

Postfach 3407, 26024 Oldenburg
www. lappan.de, E-Mail: info@lappan.de
Coverfoto: Marcus Müller
Gesamtherstellung:
Westermann Druck, Zwickau
Printed in Germany
ISBN: 978-3-8303-3144-5